# 詩必讀一百首

商務印書館

# 唐詩必讀一百首

顧　　問：康一橋

編　　著：商務印書館編輯部

朗　　讀：康一橋

責任編輯：楊克惠

封面設計：張　毅

出　　版：商務印書館（香港）有限公司

　　　　　香港筲箕灣耀興道 3 號東滙廣場 8 樓

　　　　　http://www.commercialpress.com.hk

發　　行：香港聯合書刊物流有限公司

　　　　　香港新界荃灣德士古道 220-248 號荃灣工業中心 16 樓

印　　刷：美雅印刷製本有限公司

　　　　　九龍觀塘榮業街 6 號海濱工業大廈 4 樓 A 室

版　　次：2023 年 12 月第 8 次印刷

　　　　　© 2009 商務印書館（香港）有限公司

　　　　　ISBN 978 962 07 4438 9

　　　　　Printed in Hong Kong

目錄

# 唐詩必讀一百首

王之渙

# 登鸛雀樓

白日依山盡，黃河入海流。

欲窮千里目，更上一層樓。

## 背景

登臨遠眺，太陽落山，黃河奔流，氣勢磅礡。這樣的情景啟發了人生感悟，即高瞻方能遠矚、進取始可臻美。

## 註釋

1. 窮：盡。

## 經典名句

欲窮千里目，更上一層樓。

如果你想要看得更遠，覽盡千里風光，就要再登高一層。

掃碼聆聽粵語朗讀

王之渙

# 出　塞

黃河遠上白雲間，
一片孤城萬仞山。
羌笛何須怨楊柳？
春風不度玉門關。

## 背景

詩題又作《涼州詞》，是唐代以邊境地名為名的樂曲。寫從涼州由東向西眺望邊城玉門關時的情景，畫面景象闊大，氣勢雄渾。描繪出悲涼的邊塞環境，表達了對守衛將士得不到關懷的同情。

## 註釋

1. 萬仞（粵 jan⁶）：形容極高。古代八尺為一仞。
2. 羌笛：古代西北少數民族羌族的民族樂器。
3. 楊柳指曲調，北朝樂府《鼓角橫吹曲》有《折楊柳枝》的曲調。
4. 玉門關：為古代通往西域的要道，故址在今甘肅敦煌縣西。

## 經典名句

羌笛何須怨楊柳？
春風不度玉門關。

　羌笛何必吹出那幽怨的《折楊柳》曲，和煦的春風從來就吹不過玉門關。

王 昌 齡

# 芙蓉樓送辛漸

寒雨連江夜入吳，
平明送客楚山孤。
洛陽親友如相問，
一片冰心在玉壺。

## 背景

詩人清晨在潤州芙蓉樓送別好友辛漸，前一天下了場雨，讓離別更添淒冷的氣氛。詩人要友人捎口信，表明自己品格仍和玉壺中的冰一樣清白。

## 註釋

1. 吳：指潤州（今江蘇鎮江）一帶，古代屬吳國。
2. 平明：天剛亮。
3. 楚山：指潤州一帶的山。
4. 玉壺：比喻潔白無瑕的品格。

## 經典名句

洛陽親友如相問，
一片冰心在玉壺。

　　洛陽的親友如果前來探望詢問，就說我的心，就像是一塊冰放在玉壺中，還是那樣潔淨。

掃碼聆聽粵語朗讀

王昌齡

# 出　塞

秦時明月漢時關，
萬里長征人未還。
但使龍城飛將在，
不教胡馬渡陰山！

## 背景

《出塞》是樂府《橫吹曲》的舊題，內容多寫邊地風光和征戍艱難。詩以歌頌和懷念漢代威震匈奴的大將為名，感慨當時世無良將，致使連年邊患不斷、征人長期不能返回家園。

## 註釋

1. 龍城：匈奴祭天處，西漢名將衛青北伐匈奴曾經到此。
2. 飛將：指西漢名將李廣。李廣在任右北平太守時，匈奴稱他是"漢之飛將軍"，避而不敢侵犯。
3. 陰山：在今內蒙古中部，西漢時匈奴常據此南下侵漢。

## 經典名句

秦時明月漢時關，
萬里長征人未還。

　　現在看見的月亮，依舊是秦時的明月，現在的關塞，依舊是漢時的邊關，但當年出關遠征的官兵，到現在也沒有回來。

王昌齡

# 閨 怨

閨中少婦不知愁，
春日凝妝上翠樓。
忽見陌頭楊柳色，
悔教夫婿覓封侯。

王昌齡

## 背景

描繪閨房中女子的幽怨情思。少婦春日獨上高樓時忽然望見的楊柳，無憂無慮地精心打扮後登上了高樓。想起當初自己勸丈夫外出求取功名，如今孤身一人面對大好春色，不禁產生深深的後悔。

## 註釋

1. 閨中：婦女的閨房。
2. 凝妝：盛妝。
3. 翠樓：對女子所住樓房的美稱。
4. 陌（mò）頭：路邊。

## 經典名句

忽見陌頭楊柳色，
悔教夫婿覓封侯。

　　忽然看見那路口楊柳的青青顏色，不禁後悔讓丈夫外出去尋求功名。

掃碼聆聽粵語朗讀

## 王 勃
# 送杜少府之任蜀州

城闕輔三秦，風煙望五津。
與君離別意，同是宦遊人。
海內存知己，天涯若比鄰。
無為在歧路，兒女共霑巾。

### 背景

王勃送別朋友，在城樓上遙望杜少府要去蜀州，心宇浩茫，雖然不免微露傷感。然而作者慷慨發揮，化惜別為奮發，改無奈作有為，意氣高昂。

### 註釋

1. 城闕（粵 kyut³）：指長安城。
2. 三秦：秦漢之際，項羽滅秦後，將秦國故地分為雍、塞、翟三國，稱為三秦，在今陝西省一帶。
3. 五津：五個渡口，指四川岷江從灌縣到犍為的華津、萬里津、江首津、涉頭津、江南津。津，渡口。
4. 比鄰：近鄰。
5. 霑巾：淚水沾濕手巾。

### 經典名句

海內存知己，天涯若比鄰。

四海雖廣，只要有知音保持交往，哪怕天涯遠隔，也如同近鄰相處一樣。

掃碼聆聽粵語朗讀

王維

# 送 別

下馬飲君酒，問君何所之。
君言不得意，歸臥南山陲。
但去莫復問，白雲無盡時。

## 背景

全詩以送行時主客一問一答構成全篇，以行客的答詞為主體。行者為達人高士，願伴山中自在無盡的白雲，而放棄人世的過眼榮華，他自寬自解的豪言俠語，替代了詩人臨別時對他的同情和慰勉。

## 註釋

1. 飲君酒：請君飲酒。
   飲：使動詞，使別人喝。

2. 何所之：到哪裏去？

3. 南山：即終南山，
   在今陝西西安市南。

4. 但：只。

## 經典名句

但去莫復問，白雲無盡時。

　我這就走了，你再別追問下去，山裏有的是白雲，會給我無窮的歡娛。

掃碼聆聽粵語朗讀

王 維

# 山居秋暝

空山新雨後，天氣晚來秋。

明月松間照，清泉石上流。

竹喧歸浣女，蓮動下漁舟。

隨意春芳歇，王孫自可留。

## 背景

泉水、浣女的喧笑聲、蓮動之聲，聽覺上的自然界音響與視覺上的自然界意象相結合，構成了一幅至純至美的雨後山村圖畫，體現了王維"詩中有畫"的特色。

## 註釋

1. 空山：指寂靜的山谷。
2. 天氣：氣候。
3. 竹喧（粵 hyun¹）：竹林裏的笑語聲。
4. 浣女：洗衣女子。
5. 隨意：任憑，儘管。
6. 王孫：遊子。

## 經典名句

明月松間照，清泉石上流。

明月的清光投在松林之間，清泉從石上漫過，流得更歡。

王 維

# 鹿 柴

空山不見人，但聞人語響。
返景入深林，復照青苔上。

王
維

## 背景

詩裏描繪的是空山深林傍晚時分的幽靜景
色。山谷空寥，聞人語而不見人影，表現
的是"靜"；黃昏日光透過密林葉隙，照
在地面青苔上，表現的是"幽"。詩人澹
然自適的心態，也在字裏行間中悠然漾出。

## 註釋

1. 但：只。
2. 返景（yǐng 影）：日光返照。
3. 復：又，還。

## 經典名句

返景入深林，復照青苔上。
　　日光返照，射入深幽的叢林，
繼而投下，照亮了石苔青青。

王 維

# 竹里館

獨坐幽篁裏,彈琴復長嘯。
深林人不知,明月來相照。

## 背景

在幽邃的竹林裏,詩人獨自隨心所
欲地又彈琴又長嘯。自然和詩人閒
適的心情互相融合,似乎彼此意
會,一切禪機盡在其中。

## 註釋

1. 竹里館:陝西藍田輞川一景,
   地多竹茂。

2. 幽篁 (huáng 黃,粵 wong⁴):
   深幽的竹林。篁,竹林。

3. 嘯:噘口發出的長聲。

## 經典名句

深林人不知,明月來相照。

竹林深幽,沒有一個人知道我,
只有多情的明月相伴長照。

掃碼聆聽粵語朗讀

## 王維

# 送別

山中相送罷，日暮掩柴扉。
春草明年綠，王孫歸不歸？

### 背景

這首詩題作"送別"，卻從送別結束後的情景落筆。山中相送友人，回家已是黃昏，"日暮掩柴扉"，看起來已為這場送別打上了句號。但一個"掩"字，卻敍出了詩人的孤獨和惆悵。

### 註釋

1. 柴扉（fēi 非）：柴門。
2. 王孫：遊子，指所送的友人。

### 經典名句

春草明年綠，王孫歸不歸？
  春草明年抽綠返青的時候，遊子啊，您回不回故鄉的園庭？

11

掃碼聆聽粵語朗讀

王維

# 相 思

紅豆生南國，春來發幾枝？
願君多采擷，此物最相思。

## 背景

本詩藉紅豆寄託人間相思，以極淺易的語言、常見的事物，抒寫愛情思念的感情體會，表現出盛唐詩歌深入淺出的特色。

## 註釋

1. 紅豆：別名相思子，木本蔓生，秋開小花，冬春結實如豌豆，微扁，鮮紅色。用來象徵愛情。
2. 南國：南方地域。紅豆原產於嶺南，長江以南一帶也有種植。
3. 發幾枝：在多少枝上開花。
4. 擷（xié 協，粵 kit³）：採摘。

## 經典名句

*願君多采擷，此物最相思。*

　　願你把它多多採摘收藏，這紅豆最容易激起相思的聯想。

王維

# 九月九日憶
# 山東兄弟

獨在異鄉為異客，
每逢佳節倍思親。
遙知兄弟登高處，
遍插茱萸少一人。

掃碼聆聽粵語朗讀

王維

## 背景

九月初九是中國傳統的重陽節，按習俗這天人們要登高、飲酒、插戴茱萸。詩人身在異鄉，思念家鄉的親人，遙想在家的兄弟也像他那樣，在那裏插戴着茱萸登高，獨獨少了他一個。用樸實的語言寫出千百年來人們共同的切身感受，既樸素自然，又曲折有致。

## 註釋

1. 佳節：指九九重陽節。
2. 茱萸（yú 于，粵 jyu⁴）：古代風俗，重陽節佩戴茱萸可以祛邪避穢。

## 經典名句

獨在異鄉為異客，
每逢佳節倍思親。

　　獨自在異鄉作為異鄉的旅客，每遇到佳節就加倍思念至親。

掃碼聆聽粵語朗讀

王維

# 渭城曲

渭城朝雨浥輕塵，

客舍青青柳色新。

勸君更盡一杯酒，

西出陽關無故人。

## 背景

這是一首非常著名的送別詩。並不
具體描繪離別的過程、感受，只是
通過勸酒來傳遞對遠行友人的濃濃
情意。語言樸實，沉摯動人。

## 註釋

1. 渭城：即秦咸陽故城，在今
   陝西咸陽東北、渭水北岸。

2. 浥（yì 意，粵 jap¹）：濕潤。

3. 陽關：古代關名，為漢唐時
   通往西域的要道，因在玉門
   關南，故稱陽關。

4. 故人：朋友。

## 經典名句

勸君更盡一杯酒，
西出陽關無故人。

　　請您再喝完這杯美酒吧，往西
出了陽關就再也見不到老朋友了。

掃碼聆聽粵語朗讀

王維

# 秋夜曲

桂魄初生秋露微，

輕羅已薄未更衣。

銀箏夜久殷勤弄，

心怯空房不忍歸！

## 經典名句

銀箏夜久殷勤弄，
心怯空房不忍歸！

　　夜深了仍在不停地撥弄銀箏，彈個不停，我心中害怕那空房的孤獨，所以遲遲不願回去。

## 背景

閨中女子秋夜月下彈箏，天氣涼了，也不願回到房間休息，因為她忍受不了獨守空房的孤獨。詩細緻入微地表達了婦人思念親人的內心感受。

## 註釋

1. 桂魄：月亮的別稱，傳說月中有桂樹。魄，月初出或將落時的微光。

2. 輕羅：輕薄的羅衣。羅，一種絲織品。

3. 更衣：換衣服，此指換上暖和的衣服。

4. 箏：一種彈撥弦樂器，有十三根弦。

5. 殷勤：此指專注而勤勞。

掃碼聆聽粵語朗讀

王翰

# 涼州詞

葡萄美酒夜光杯，
欲飲琵琶馬上催。
醉臥沙場君莫笑，
古來征戰幾人回！

## 背景

這首詩選取前方將士出戰上馬前的痛飲場面。將士正要舉杯痛飲美酒，卻被上陣的琵琶聲聲催促，將士仍然互相斟酌勸飲，豪飲盡興。看似調侃詼諧的語言，表現了前方將士視死如歸的悲壯。

## 註釋

1. 涼州詞，是唐代樂府曲名。內容多寫大漠風光和邊地征戰。
2. 葡萄美酒：用葡萄釀製的美酒，是從西域大宛國傳入漢朝的。
3. 夜光杯：傳說西域胡人曾獻給周穆王一隻夜光常滿杯，用白玉精製成。
4. 琵琶：產自西域的彈撥樂器。

## 經典名句

醉臥沙場君莫笑，
古來征戰幾人回！

就是醉倒在沙場上，也請諸君不要笑話，古今以來，奔赴沙場的人中有幾個人能平安歸來？

白居易

# 賦得古原草送別

離離原上草，一歲一枯榮。
野火燒不盡，春風吹又生。
遠芳侵古道，晴翠接荒城。
又送王孫去，萋萋滿別情。

## 經典名句

野火燒不盡，春風吹又生。

　　野火的焚燒不能使青草絕跡，春風一吹，它又恢復了蓬勃的生機。

王翰　白居易

## 背景

本詩以"野火燒不盡，春風吹又生"，表現出春草頑強的活力，頌歌生命的生生不息。藉詠春草抒發了送別友人時的惜別之情。

## 註釋

1. 離離：草繁密茂盛的樣子。
2. 一歲：一年。
3. 晴翠：晴朗的天氣裏清翠的草色。
4. 萋萋（粵 cai¹）：草木繁茂的樣子。

掃碼聆聽粵語朗讀

白居易

# 問劉十九

綠蟻新醅酒，紅泥小火爐。
晚來天欲雪，能飲一杯無？

## 背景

隆冬之夜，天欲下雪，這時擺上綠蟻新酒、紅泥火爐，邀上朋友小酌一番，實在是極有情調的享受。詩中蘊含生活氣息，語言平淡而情味盎然。

## 註釋

1. 劉十九：指詩人的友人劉軻，元和十三年進士。唐代有以排行代名的習慣。

2. 綠蟻：酒的別名。古時新釀造的酒，在未經過濾時，浮有一層泡沫，略顯綠色，故稱綠蟻。

3. 醅（pēi 胚，粵 pui¹）：未經過濾的酒。

4. 無：即否，表示疑問語氣。

## 經典名句

綠蟻新醅酒，紅泥小火爐。

新釀的酒上泛着綠蟻般的浮沫，紅泥砌的小火爐裏點熾着炭火。

岑 參

# 逢入京使

故園東望路漫漫，
雙袖龍鍾淚不乾。
馬上相逢無紙筆，
憑君傳語報平安。

### 背景

詩人赴安西途中，遇到向東前往長安的使者，而長安正是他魂牽夢繫的故園。詩人截取了路遇的場景，寫出了遠行思家的心理感受。

### 註釋

1. 故園：指作者在長安的家。
2. 龍鍾：形容淚水縱橫淋漓。
3. 憑：煩，請。

### 經典名句

馬上相逢無紙筆，
憑君傳語報平安。

　　途中在馬上相逢，身邊又沒帶紙筆，就此拜託您捎個口信給我家裏，就説我一切平安。

掃碼聆聽粵語朗讀

岑參

# 白雪歌送武判官歸京

北風捲地白草折，胡天八月即飛雪。

忽如一夜春風來，千樹萬樹梨花開。

散入珠簾濕羅幕，狐裘不暖錦衾薄。

將軍角弓不得控，都護鐵衣冷猶着。

瀚海闌干百丈冰，愁雲慘澹萬里凝。

中軍置酒飲歸客，胡琴琵琶與羌笛。

紛紛暮雪下轅門，風掣紅旗凍不翻。

輪台東門送君去，去時雪滿天山路。

山迴路轉不見君，雪上空留馬行處。

## 背景

這是邊塞詩中的名篇，以歌詠白雪為主要內容，同時也抒發了詩人送別友人的深情厚意。此詩由帳外及帳內，再由帳內及帳外，場景不斷變換，畫面豐富，聲色相生。尤其以梨花喻雪，想象瑰奇，意境廣闊而美麗。

## 註釋

1. 胡天：指西域的氣候。
2. 羅幕：用絲織成的幕帳。
3. 衾（qīn 親）：被子。
4. 都護：官名，唐代在西域置六大都護府，每個都護府都設大都護，管理政務。
5. 瀚海：大沙漠。
6. 闌干：縱橫的樣子。
7. 中軍：指主帥管帳。古時軍制分為左、中、右三軍，主帥新統中軍。
8. 輪台：在今新疆米泉縣。

## 經典名句

忽如一夜春風來，千樹萬樹梨花開。

　　一夜間忽然像春風來到人間，千樹萬樹的梨花爭相吐豔。

掃碼聆聽粵語朗讀

李白
## 下終南山
## 過斛斯山人
## 宿置酒

暮從碧山下，山月隨人歸，

卻顧所來徑，蒼蒼橫翠微。

相攜及田家，童稚開荊扉。

綠竹入幽徑，青蘿拂行衣。

歡言得所憩，美酒聊共揮。

長歌吟松風，曲盡河星稀。

我醉君復樂，陶然共忘機。

### 背景

李白在長安遊終南山，拜訪一位隱居山中的朋友。晚上朋友擺酒款待，賓主談得十分投機，忘掉了人間紛擾。表現了詩人對田園隱居生活的讚美和嚮往。

### 註釋

1. 卻顧：回頭望。
2. 荊扉：柴門。
3. 青蘿：即女蘿，一名松蘿，地衣類植物。
4. 忘機：道家語，心地淡泊，與世無爭。

### 經典名句

綠竹入幽徑，青蘿拂行衣。

　　竹叢間穿行着一條幽深的小路，藤蔓不時輕拂着我的衣服。

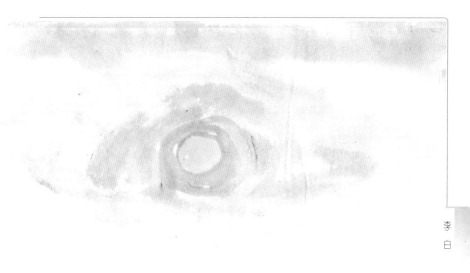

李白
# 月下獨酌

花間一壺酒，獨酌無相親。

舉杯邀明月，對影成三人。

月既不解飲，影徒隨我身。

暫伴月將影，行樂須及春。

我歌月徘徊，我舞影零亂。

醒時同交歡，醉後各分散。

永結無情遊，相期邈雲漢。

## 背景

全篇以花好月明之夜為背景，圍繞飲酒的主線，層層展開，表面上是寫"行樂"，其實是抒發生活孤獨、苦無知音的悲哀，但因李白生性疏放，酷愛自由，所以詩中又充溢着一種追求精神超越的豪逸之氣。

## 註釋

1. 徒：只是。
2. 將：同，和。
3. 無情：忘情，盡情。
4. 相期：相約。
5. 雲漢：天河，銀河，泛指天上。

## 經典名句

舉杯邀明月，對影成三人。

　　沒有人陪伴，我只好舉起酒杯向明月發出邀請，加上月下自己的身影，合起來就有三個朋友。

李白

## 李白

# 春 思

燕草如碧絲，秦桑低綠枝。

當君懷歸日，是妾斷腸時。

春風不相識，何事入羅幃？

### 背景

居住在秦地的少婦思念遠戍北方燕地的丈夫，先寫景物，再寫感情，心理描寫細膩入微。結尾兩句，以誇張手法表達了妻子對丈夫的忠貞之情，多為後代所引用。

### 註釋

1. 燕：今河北、遼寧一帶，古屬燕國。
2. 低綠枝：指桑樹已經茂盛得低垂接近地面了。
3. 妾：古代婦女自稱。
4. 羅幃：絲織的牀帳。

### 經典名句

春風不相識，何事入羅幃？

我同春風從來沒有過甚麼約會，它憑甚麼，竟敢吹入我的牀幃？

掃碼聆聽粵語朗讀

李白

# 金陵酒肆留別

李白

風吹柳花滿店香，

吳姬壓酒勸客嘗。

金陵子弟來相送，

欲行不行各盡觴。

請君試問東流水，

別意與之誰短長？

## 背景

李白初遊金陵，在將要離去時贈給朋友這首詩。全詩淺顯如話，卻充分渲染了朋友惜別的綿長情誼。

## 註釋

1. 吳姬：吳地女子，這裏指酒店中的侍女。

2. 壓酒：新酒初熟時要壓槽取汁，叫做壓酒。

3. 子弟：指年輕人。

4. 盡觴（shāng 傷，粵 soeng¹）：乾杯。觴，酒杯。

## 經典名句

請君試問東流水，
別意與之誰短長？

　　請您去問問東去的流水，惜別之情跟它相比，誰短誰長？

掃碼聆聽粵語朗讀

李白

# 宣州謝朓樓餞別校書叔雲

棄我去者，昨日之日不可留。

亂我心者，今日之日多煩憂！

長風萬里送秋雁，

對此可以酣高樓。

蓬萊文章建安骨，

中間小謝又清發。

俱懷逸興壯思飛，

欲上青天覽明月。

抽刀斷水水更流，

舉杯銷愁愁更愁。

人生在世不稱意，

明朝散髮弄扁舟。

## 背景

李白天寶末年在宣州（今安徽宣城）置酒送別族叔李雲時，寫下這一首詩。與一般的送別詩多鋪寫景物和惜別之情不同，這首詩頭尾都直抒人生失意的滿腔憂憤。

## 註釋

1. 酣：痛快飲酒。
2. 建安骨：即建安風骨，指漢末曹操父子和"建安之子"作品的風格，蒼勁剛健，慷慨多氣。
3. 小謝：指南朝宋詩人謝朓。
4. 覽：通"攬"，摘取。
5. 扁（piān 偏）舟：小船。

### 經典名句

抽刀斷水水更流，
舉杯銷愁愁更愁。

　　好比抽出刀來斬斷流水，水卻更流淌個不停，舉起杯來想銷除煩憂，沒有銷愁卻更增添新愁。

掃碼聆聽粵語朗讀

李白

# 行路難
## 三首之一

金樽清酒斗十千，

玉盤珍羞直萬錢。

停杯投箸不能食，

拔劍四顧心茫然。

欲渡黃河冰塞川，

將登太行雪滿山。

閒來垂釣碧溪上，

忽復乘舟夢日邊。

行路難，行路難！

多歧路，今安在？

長風破浪會有時，

直掛雲帆濟滄海。

### 經典名句

長風破浪會有時，
直掛雲帆濟滄海。

相信總有一天，能乘長風
破萬里浪，掛起高聳入雲的船
帆，在滄海中勇往直前。

### 背景

《行路難》原是樂府《雜曲歌辭》舊
題，多寫世道的艱難和離別的傷
感。這首詩以行路難比喻世路的艱
難，抒發了詩人仕途遭受重挫後的
不平之感和繼續追求理想的願望。

### 註釋

1. 金樽：華貴精美的盛酒器皿。

2. 珍羞：珍貴的菜餚。羞：通
   "饈"，菜餚。

3. 箸（zhù 著，粵 zyu⁶）：筷子。

4. 歧路：岔路。

5. 濟：渡過。

李 白

李白

# 送友人

青山橫北郭，白水繞東城。

此地一為別，孤蓬萬里征。

浮雲遊子意，落日故人情。

揮手自茲去，蕭蕭班馬鳴。

## 背景

這是送別友人的詩，詩中的"浮雲"、"落日"、"孤蓬"等既是實寫景物，烘托送別的悲涼氛圍，也是表達遊子漂泊不定的意象。

## 註釋

1. 北郭：指城的北郊。古代內城叫城，外城叫郭，合稱城郭。

2. 孤蓬：蓬草，一名飛蓬，常隨風飄轉，這裏用來比喻遠行的友人。

3. 茲：此，現在。

4. 班馬：離羣之馬。

## 經典名句

浮雲遊子意，落日故人情。

遊子的心思就像天上瓢浮的雲彩，行蹤無定；離別的友情就像西山徐徐的落日，依依不捨。

李 白

# 聽蜀僧濬彈琴

蜀僧抱綠綺，西下峨眉峰。

為我一揮手，如聽萬壑松。

客心洗流水，餘響入霜鐘。

不覺碧山暮，秋雲暗幾重。

李白

### 背景

全詩從僧濬抱琴飄然而來，到琴聲奏響，再到引發的心理效果，再到琴終的裊裊餘音，一氣直下，如行雲流水，令人身臨其境。

### 註釋

1. 綠綺：古琴名。
2. 揮手：指彈琴。
3. 萬壑松：千山萬壑的松濤聲。古琴曲有《風入松》。
4. 客心：作客他鄉的心境。
5. 霜鐘：秋天的鐘聲。

### 經典名句

為我一揮手，如聽萬壑松。

他揮手撥動琴弦，為我演奏一曲，我好像聽見千山萬壑的松濤聲。

李白

# 靜夜思

牀前明月光，疑是地上霜。
舉頭望明月，低頭思故鄉。

## 背景

客居他鄉的遊子在靜夜中醒來，望見滿地月色，開始是懷疑，隨即從明月引起強烈的思鄉反應。全詩樸素自然，明白如話，卻又撼人心弦，耐人體味。

## 經典名句

牀前明月光，疑是地上霜。

　　牀前投下銀色的月光，我疑心鋪了一地輕霜。

李白

# 玉階怨

玉階生白露，夜久侵羅襪。

卻下水精簾，玲瓏望秋月。

## 背景

《玉階怨》是樂府詩的舊題，多寫幽閉宮女的怨情。這首詩寫秋天的晚上宮女獨自望月的情景，隱現空閨思人念遠的幽怨情懷。

## 註釋

1. 玉階：用白石砌成的台階。
2. 白露：秋天的露水。
3. 侵羅襪：打濕了羅襪。羅襪，絲織品做的襪子。
4. 卻：還。
5. 水精：即水晶。

## 經典名句

卻下水精簾，玲瓏望秋月。

　　她只是進屋放下水晶簾子，仍在盼望，望見的只是被簾條劃成一道道的小小月亮。

掃碼聆聽粵語朗讀

李白

## 送孟浩然之廣陵

故人西辭黃鶴樓，
煙花三月下揚州。
孤帆遠影碧空盡，
惟見長江天際流。

### 背景

李白在黃鶴樓送別孟浩然，起首兩句，點明送別的地點和時節；後兩句描繪出一幅友人乘一葉孤舟，消失在江天一色的天邊的圖畫，友情綿長，意境空闊。

### 註釋

1. 黃鶴樓：故址在今湖北武漢市長江大橋武昌橋頭。
2. 煙花：形容春天美麗的景物。
3. 碧空：青天。
4. 惟見：只見。
5. 天際：天邊。

### 經典名句

孤帆遠影碧空盡，
惟見長江天際流。

那孤孤單單的船帆的影子已經消失在遠方的青天裏，只見浩浩蕩蕩的長江在天際奔流。

掃碼聆聽粵語朗讀

# 李白

## 下江陵

朝辭白帝彩雲間，

千里江陵一日還。

兩岸猿聲啼不住，

輕舟已過萬重山。

### 經典名句

兩岸猿聲啼不住，
輕舟已過萬重山。

　　我聽見，沿途兩岸的猿聲到處叫個不停，但水流湍急，一葉輕舟早已越過了萬重青山。

### 背景

李白經三峽流放夜郎（今貴州遵義附近），途中遇赦。他從白帝城出發，順江東下，復經三峽，飛舟直抵江陵。輕舟穿越三峽，疾馳如飛，兩岸猿啼也似乎變為夾道歡送，充分表達出詩人內心的喜悅之情。

### 註釋

1. 朝：早晨。

2. 彩雲間：形容白帝城地勢高峻，從江上舟中仰望，如在彩霞之中。

3. 江陵：今湖北江陵縣。

掃碼聆聽粵語朗讀

李白

# 清平調
# 三首之一

雲想衣裳花想容，
春風拂檻露華濃。
若非羣玉山頭見，
會向瑤台月下逢。

## 背景

《清平調》是唐代創製的新曲。這首詩取眼前的名花為喻，形容楊貴妃的風姿綽約，把名花和貴妃合一，歌詠她的美豔。

## 註釋

1. 檻：欄杆。
2. 露華：露水的光華。
3. 羣玉山：也叫玉山，傳説中西王母所居之地。
4. 瑤台：傳説中神仙居住之地。

## 經典名句

雲想衣裳花想容，
春風拂檻露華濃。

　雲想成為她的衣裳，花想擁有她的姿容，春風輕輕地吹過欄杆，正是露水的光華濃重的時候。

掃碼聆聽粵語朗讀

李商隱

# 錦 瑟

錦瑟無端五十弦，

一弦一柱思華年。

莊生曉夢迷蝴蝶，

望帝春心託杜鵑。

滄海月明珠有淚，

藍田日暖玉生煙。

此情可待成追憶，

只是當時已惘然。

## 背景

作者晚年追憶自己一生，往事如雲，有人生如夢的感覺，有年華逝去的哀傷，有舊日的歡欣，這些都過去了，可是當時卻不明白。

## 註釋

1. 錦瑟：古代一種弦樂器，類似於箏，聲調低沉悲哀。
2. 柱：弦樂器繫弦用的小木柱。
3. 莊生：即先秦哲學家莊子。
4. 望帝：蜀國上古帝王杜宇，號望帝，死後魂魄化為杜鵑，悲啼泣血。
5. 惘然：迷惘惆悵、若有所失的樣子。

## 經典名句

此情可待成追憶，
只是當時已惘然。

　悲歡離合之情，只能等到今天才來追憶，只是在當年為何迷茫悵然。

掃碼聆聽粵語朗讀

李商隱

# 無題

相見時難別亦難，

東風無力百花殘。

春蠶到死絲方盡，

蠟炬成灰淚始乾。

曉鏡但愁雲鬢改，

夜吟應覺月光寒。

蓬萊此去無多路，

青鳥殷勤為探看。

## 背景

這首詩寫纏綿悱惻的男女戀情，抓住一個"難"字，反覆抒寫，多層渲染。其一是相見難，其二是見面後再分別，更難。其三是產生戀情要想忘掉，更是難上加難。

## 註釋

1. 絲：和"思"字諧音。
2. 淚：本指蠟淚，又暗指戀人的眼淚。
3. 曉鏡：早上起來照鏡。
4. 雲鬢：指婦女濃密的鬢髮。
5. 蓬萊：即蓬萊山，相傳為海上仙山。

## 經典名句

春蠶到死絲方盡，
蠟炬成灰淚始乾。

春蠶的絲一直到死才能吐盡，蠟燭燃燒到變成灰燼，燭淚才流乾。

李商隱

# 登樂遊原

向晚意不適，驅車登古原。

夕陽無限好，只是近黃昏。

**經典名句**

夕陽無限好，只是近黃昏。

　　落日斜陽依然有説不盡的美好，只是可惜距離黃昏不遠了。

**背景**

這是一首登高望遠，即景抒情的詩。詩人登上古原，縱目四望，見夕陽瑰麗，不禁由衷讚美。然而，晚景雖好，可惜不能久留，意蘊豐富。

**註釋**

1. 樂遊原：在長安城東南的高地上，為著名的遊覽勝地。

2. 向晚：傍晚。

3. 意不適：心緒不好。

4. 古原：指樂遊原。

李商隱

掃碼聆聽粵語朗讀

李商隱

# 夜雨寄北

君問歸期未有期，

巴山夜雨漲秋池。

何當共剪西窗燭，

卻話巴山夜雨時。

### 背景

作者久滯巴蜀，思歸不得，寫了這首詩寄給妻子。詩的構思新穎精巧，以迷蒙的雨意，表達思念的惆悵心境。

### 註釋

1. 巴山：泛指四川的山。
2. 何當：何時才能夠。
3. 卻話：回頭談論、訴説。

### 經典名句

何當共剪西窗燭，
卻話巴山夜雨時。

甚麼時候能在家中西窗下共剪燈花，再和你説説巴山雨夜時的滿懷心思。

掃碼聆聽粵語朗讀

李商隱

# 寄令狐郎中

嵩雲秦樹久離居，

雙鯉迢迢一紙書。

休問梁園舊賓客，

茂陵秋雨病相如。

## 背景

詩人閒居鄭州時，潦倒落魄，貧病交加，友人令狐綯來信關心詢問，李商隱覆函兼寄此詩。詩寫得情真意切，格韻俱高。

## 註釋

1. 嵩雲：嵩山之雲。嵩山在今河南登封，這裏代指作者所居之鄭州。

2. 秦樹：秦地的樹木，代指令狐綯所居之京都長安。

3. 雙鯉：指令狐綯問詢的書信。

4. 茂陵：漢武帝的陵墓，在今陝西興平縣東北。

## 經典名句

嵩雲秦樹久離居，
雙鯉迢迢一紙書。

你在陝西，我在河南，嵩山的雲秦川的樹，阻隔了我們；千里迢迢，你寄來一封慰問的書信。

掃碼聆聽粵語朗讀

李 商 隱

# 嫦 娥

雲母屏風燭影深，
長河漸落曉星沉。
嫦娥應悔偷靈藥，
碧海青天夜夜心。

### 背景

這首詠月詩，字面詠嫦娥，背後融入了詩人現實生活中的體驗，感慨嫦娥的命運。

### 註釋

1. 雲母：一種礦物質，透明有光澤，可作屏風、窗等飾物。
2. 長河：指銀河。
3. 曉星沉：殘星隱沒。
4. 碧海青天：古人認為大海與青天相連通，月亮從大海升起而漸入青天。

### 經典名句

嫦娥應悔偷靈藥，
碧海青天夜夜心。

　　月中的嫦娥應該後悔偷吃了靈藥，面對碧海青天夜夜難平孤寂的心。

掃碼聆聽粵語朗讀

李商隱

# 賈 生

宣室求賢訪逐臣，

賈生才調更無倫。

可憐夜半虛前席，

不問蒼生問鬼神。

李商隱

## 背景

本詩就漢代政治家賈誼懷才不遇發表議論。採取先揚後抑的筆法，先寫文帝求賢急切，後寫只問是些無關蒼生的鬼神事，令人大失所望。這比正面議論賈誼懷才不遇要深刻得多。

## 註釋

1. 賈生：指賈誼，西漢著名政論家、文學家。
2. 宣室：漢代未央宮前殿的正室。是皇帝召見重要人物的地方。
3. 訪：詢問，徵詢。
4. 才調：才情，指才氣和學識。
5. 可憐：可惜。
6. 蒼生：指普通百姓。

## 經典名句

可憐夜半虛前席，
不問蒼生問鬼神。

　　可惜一直到半夜三更，文帝雙膝不自覺地前傾，問的並不是天下百姓，而是鬼神的來由。

掃碼聆聽粵語朗讀

李頎

# 送魏萬之京

朝聞遊子唱離歌，

昨夜微霜初度河。

鴻雁不堪愁裏聽，

雲山況是客中過。

關城樹色催寒近，

御苑砧聲向晚多。

莫見長安行樂處，

空令歲月易蹉跎。

## 背景

秋寒初起，送友人前往京城，作者把物候的變化與送別的心情結合在一起，又加上對年輕人珍惜光陰的殷切勸誡，使情、景、意三位一體。

## 註釋

1. 客：出門在外。
2. 關城：指潼關，古代重要的關塞。
3. 砧（zhēn 針，粵 zam¹）聲：指搗衣聲。
4. 向晚：接近晚上，黃昏時候。
5. 莫見：不要以為。

## 經典名句

莫見長安行樂處，
空令歲月易蹉跎。

　　不要以為長安是行樂的好去處，它將使你虛度歲月一生蹉跎。

李頻

# 渡漢江

嶺外音書絕，經冬復立春。
近鄉情更怯，不敢問來人。

## 背景

此詩感情真實，直抒心曲。"怯"字看起來出人意表，細細品味，卻發覺是生活中常有的共同體驗。

## 註釋

1. 嶺外：即嶺南，從中原人看來，嶺南地區就在五嶺以外。
2. 來人：從家鄉來的人。

## 經典名句

近鄉情更怯，不敢問來人。

　如今走近家鄉，卻更加慌忙不寧，不敢向過來人打聽家中的情形。

掃碼聆聽粵語朗讀

李益

# 夜上受降城聞笛

回樂峰前沙似雪，
受降城外月如霜。
不知何處吹蘆管？
一夜征人盡望鄉。

## 背景

這首詩寫戍邊將士思鄉，前兩句是登城遠望，清冷的月光籠罩邊關；後兩句是感情抒發，幽怨的笛聲喚起征人思鄉。前面是鋪墊，鋪陳景色和聲音，最後一句直抒胸臆，前後渾然融合。

## 註釋

1. 受降城：今寧夏靈武。在唐代，是防禦突厥、吐蕃的前哨。
2. 回樂峰：回樂縣附近的山峰，回樂縣在今寧夏靈武西南。
3. 蘆管：用蘆葦做的吹奏樂器，也叫蘆笛。

## 經典名句

不知何處吹蘆管？
一夜征人盡望鄉。

　　這天晚上，不知道從何處傳來蘆笛幽怨的音調，出征在外的將士聽到了，個個忍不住思念起家鄉來。

李 益

# 江南曲

嫁得瞿塘賈，朝朝誤妾期。
早知潮有信，嫁與弄潮兒。

## 背景

《江南曲》屬樂府《相和歌辭》，內容多寫民間男女的戀情。本詩藉一名商人妻子的口吻，吐訴閨婦日日候夫不至的怨望。

## 註釋

1. 瞿塘：三峽之一的瞿塘峽，在今四川奉節縣南。
2. 賈（gǔ 古）：商人。
3. 期：約定的日子。
4. 潮有信：潮水定時漲落。
5. 弄潮兒：水性好的男子。

## 經典名句

早知潮有信，嫁與弄潮兒。

　　要早知道潮水漲落日有定準，嫁給弄潮的小伙子也勝過獨身。

杜甫

# 望嶽

岱宗夫如何，齊魯青未了。
造化鍾神秀，陰陽割昏曉。
盪胸生層雲，決眥入歸鳥，
會當凌絕頂，一覽眾山小。

## 背景

全詩沒有一個"望"字，但句句寫向嶽而望。距離是自遠而近，時間是從朝至暮，並由望嶽懸想將來的登嶽。字裏行間洋溢着蓬勃的朝氣。

## 註釋

1. 岱宗：泰山。泰山在古代被尊為"五嶽"之長，故稱岱宗。

2. 齊魯：齊魯為春秋時代的兩個諸侯國，均在今山東境內。齊在泰山之北，魯在泰山之南。

3. 鍾：聚集，集中。

4. 決眥 (zì 自，粵 zi⁶)：極力睜大眼睛向遠處望去。

5. 會當：終當，定當，表將然語氣。

6. 凌：登上，登臨。

7. 絕頂：峰巔，山的最高處。

## 經典名句

會當凌絕頂，一覽眾山小。

　　總有一天我會登上最高的巔峰，向下俯視，羣山就會顯得渺小。

掃碼聆聽粵語朗讀

杜甫

# 月 夜

今夜鄜州月，閨中只獨看。

遙憐小兒女，未解憶長安。

香霧雲鬟濕，清輝玉臂寒。

何時倚虛幌，雙照淚痕乾？

## 經典名句

遙憐小兒女，未解憶長安。

　可憐我的孩子們稚嫩天真，還不懂得懷念遠在長安的父親。

## 背景

這首詩寫於淪陷中的長安。表達了作者對遠在他鄉的妻子兒女的深深懷念，同時也從側面反映了戰亂給百姓帶來的妻離子散的痛苦。

## 註釋

1. 鄜（fū 夫，粵 fu¹）州：地名，今陝西富縣。

2. 看：此字在詩句中讀陰平聲（kān）。

3. 憐：憐惜。

4. 雲鬟：古代婦女環形如雲狀的鬢。

5. 虛幌（huàng 晃）：薄而透明的帷幔。

掃碼聆聽粵語朗讀

杜甫

# 春望

國破山河在，城春草木深。
感時花濺淚，恨別鳥驚心。
烽火連三月，家書抵萬金。
白頭搔更短，渾欲不勝簪。

### 背景

詩人困居長安，春日登臨遠望，觸景生情，有感於山河依舊，物是人非的現狀，賦詩抒發了憂國思家的感觸。

### 註釋

1. 國破：指唐都長安被叛軍佔領。
2. 烽火：戰火，戰事。
3. 連：接連，連續。
4. 白頭：白髮。
5. 渾欲：簡直要。

### 經典名句

感時花濺淚，恨別鳥驚心。

時事艱危，見了春花也使人流淚感傷，妻離子散，聽見鳥聲也令人心旌震盪。

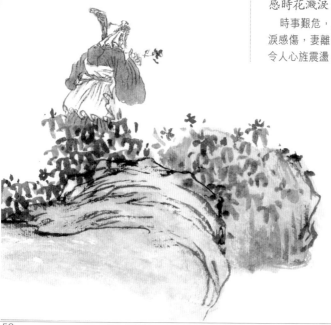

杜甫

# 天末懷李白

涼風起天末，君子意如何？

鴻雁幾時到，江湖秋水多。

文章憎命達，魑魅喜人過。

應共冤魂語，投詩贈汨羅。

## 背景

李白流放夜郎，行至巫山遇赦放還，遊湖南。杜甫得知後寫了這首詩，對李白表示了深深的懷念和同情。

## 註釋

1. 天末：天邊。

2. 鴻雁：古有雁足傳書之說，這裏指捎信人。

3. 憎（zēng 增）：恨，憎惡，厭惡。

4. 魑魅（chī mèi 癡妹，粵 ci¹ mei⁶）：古代傳說中山澤的鬼怪，也指各種各樣的壞人。

5. 汨（mì 密）羅：指汨羅江，在今湖南湘陰東北。傳說屈原即此水自沉。

## 經典名句

文章憎命達，魑魅喜人過。

想寫好文章，最怕命運太順利；山精水鬼，最喜歡正直的人遭受謫罰。

掃碼聆聽粵語朗讀

## 杜甫
# 旅夜書懷

細草微風岸，危檣獨夜舟。

星垂平野闊，月湧大江流。

名豈文章著，官應老病休。

飄飄何所似？天地一沙鷗。

### 背景

此詩前半寫景，後半抒情。在天地山川的蒼茫背景下，抒發內心的孤憤，全詩瀰漫着深沉凝重的孤獨感。這正是詩人身世際遇的寫照。

### 註釋

1. 危檣（粵 coeng⁴）：高聳的檣杆。
2. 飄飄：漂泊不定的樣子。
3. 何所似：像甚麼。
4. 沙鷗：一種水鳥，棲息沙洲，經常飛翔在江海之上。

### 經典名句

飄飄何所似？天地一沙鷗。

　　我這樣漂泊無定，可用甚麼比擬？就像一隻沙鷗，獨自託身於天地。

掃碼聆聽粵語朗讀

## 杜甫

# 登岳陽樓

昔聞洞庭水，今上岳陽樓。

吳楚東南坼，乾坤日夜浮。

親朋無一字，老病有孤舟。

戎馬關山北，憑軒涕泗流。

### 經典名句

吳楚東南坼，乾坤日夜浮。

　　巨湖將吳楚大地分割於東方南方，天地宇宙日夜在水面上浮盪。

杜甫

### 背景

詩人登樓遠眺，觸景傷懷。詩的前半段寫洞庭湖煙波浩渺，宏偉壯闊的景象；後半寫自己身世飄零，感歎干戈不已，國家多難，抒發憂國憂時的感慨。

### 註釋

1. 岳陽樓：在今湖南岳陽城西門上，下臨洞庭湖。
2. 洞庭水：即洞庭湖，在湖南省北部，長江南岸。
3. 坼（chè 徹，粵 caak³）：分開。
4. 字：書信。
5. 憑軒：依靠軒窗（或欄杆）。
6. 涕泗（sì 四，粵 si³）：眼淚、鼻涕。

掃碼聆聽粵語朗讀

## 杜甫

# 蜀 相

丞相祠堂何處尋？

錦官城外柏森森。

映階碧草自春色，

隔葉黃鸝空好音。

三顧頻煩天下計，

兩朝開濟老臣心。

出師未捷身先死，

長使英雄淚滿襟！

### 背景

杜甫遊成都武侯祠，寫了這首詩，讚頌諸葛亮鞠躬盡瘁的精神，深深痛惜其功業未遂又給予的。詩人弔古傷今，寄望當世。

### 註釋

1. 錦官城：成都的別稱，古代成都以產錦繡著稱，故名。
2. 柏森森：形容柏樹長得高大茂密。
3. 頻煩：屢次，多次，一再勞煩的意思。
4. 兩朝：指蜀國先主劉備、後主劉禪兩代。
5. 長：永遠。

### 經典名句

出師未捷身先死，
長使英雄淚滿襟！

　　出兵還未奏捷諸葛亮就生病去世，一直以來讓後世的英雄淚滿衣襟。

杜甫

# 客至

舍南舍北皆春水，

但見羣鷗日日來。

花徑不曾緣客掃，

蓬門今始為君開。

盤飧市遠無兼味，

樽酒家貧只舊醅。

肯與鄰翁相對飲，

隔籬呼取盡餘杯！

## 背景

杜甫寫在成都草堂閒居，有客來訪，作者充滿了喜悅，殷勤待客。這首詩充滿濃郁的生活親情。

## 註釋

1. 但見：僅見，只見，

2. 飧（sūn 孫，粵 syun¹）：簡單的飯菜。

3. 樽：酒杯。

4. 醅（pēi 胚，粵 pui¹）：沒有過濾的酒。

## 經典名句

花徑不曾緣客掃，
蓬門今始為君開。

花間小道還不曾因客到來而打掃，茅屋的大門今天才為您大開。

掃碼聆聽粵語朗讀

## 杜甫
# 聞官軍收河南河北

劍外忽傳收薊北，初聞涕淚滿衣裳。

卻看妻子愁何在，漫卷詩書喜欲狂。

白日放歌須縱酒，青春作伴好還鄉！

即從巴峽穿巫峽，便下襄陽向洛陽。

**經典名句**

白日放歌須縱酒，青春作伴好還鄉！

　　白天裏真該放聲歌唱開懷痛飲，春光中正好相依為伴返回故鄉。

**背景**

聽到平定安史之亂的好消息，杜甫欣喜若狂，以奔放的激情，抒發急於返回故里的喜悦情懷。

**註釋**

1. 劍外：唐朝人稱劍閣以南蜀中地區為劍外。當時杜甫所寓居的梓州，正屬劍外。

2. 薊（jì計，粵gai³）：即薊州，今河北薊縣。

3. 卻看：回頭看。

4. 須：應該。

5. 青春：這裏指春色、春光、春天的景物。

掃碼聆聽粵語朗讀

杜甫

# 登高

風急天高猿嘯哀，
渚清沙白鳥飛迴。
無邊落木蕭蕭下，
不盡長江滾滾來。
萬里悲秋常作客，
百年多病獨登台。
艱難苦恨繁霜鬢，
潦倒新停濁酒杯。

## 背景

蕭瑟的秋天，詩人寫得氣勢非凡，更傾訴了詩人長年飄泊、憂國傷時、老病孤愁的複雜感情。一篇之中，句句皆律，一句之中，字字皆律，被譽為古今七言律第一。

## 註釋

1. 渚（zhǔ 主，粵 zyu²）：水中小洲。
2. 蕭蕭：草木搖落聲。
3. 苦恨：極恨。
4. 停：停止，此處指戒（酒）。

## 經典名句

無邊落木蕭蕭下，
不盡長江滾滾來。

　　無邊無際的樹林中，落葉蕭蕭飄落下來，浩瀚無窮的長江水日夜不息滾滾而來。

掃碼聆聽粵語朗讀

杜甫
# 登 樓

花近高樓傷客心，
萬方多難此登臨。
錦江春色來天地，
玉壘浮雲變古今。
北極朝廷終不改，
西山寇盜莫相侵。
可憐後主還祠廟，
日暮聊為《梁甫吟》。

## 背景

詩人春日登樓，觸景生情，有感於國事飄搖，外有吐蕃侵擾，內有宦官專權，藩鎮割據，內外交困，作詩以寄託感慨。全詩境界壯闊，感情奔放，是杜甫的名詩。

## 註釋

1. 玉壘（粵 leoi[5]）：山名，在今四川茂汶，是當時蜀中通往吐蕃的要道。
2. 北極：指北極星。比喻唐王朝。
3. 西山：指岷山山脈。
4. 聊：姑且，暫且。
5. 梁甫吟：樂府名，原為葬歌。這裏用作有抱負不能實現的悲憤。

## 經典名句

花近高樓傷客心，
萬方多難此登臨。

　　我登臨此樓，正值國家各方面多災多難的時候，樓前春花爛漫，反倒觸發了客居者的傷心之情。

杜甫

# 八陣圖

功蓋三分國，名成八陣圖。
江流石不轉，遺恨失吞吳。

## 背景

本詩藉詠懷古蹟，抒發了對三國名相諸葛亮的懷念之情。

## 註釋

1. 八陣圖：古代一種佈陣法。這裏指三國時，諸葛亮推演兵法而佈成的一種作戰陣法。
2. 蓋：超過，壓倒。
3. 轉：動搖，移動。
4. 失：過失，過錯。
5. 吳：東吳。

## 經典名句

江流石不轉，遺恨失吞吳。

　　江水沖擊，石頭卻不肯轉向，似乎在訴說着未能吞滅吳國的一腔悲愴。

杜甫

# 江南逢李龜年

岐王宅裏尋常見，
崔九堂前幾度聞。
正是江南好風景，
落花時節又逢君。

### 背景

這首絕句撫今思昔，含蓄不露，字裏行間深寓着社會離亂、人間聚散的悲涼落寞之情。

### 註釋

1. 李龜年：唐代著名宮廷樂師，安史之亂後流落江南。
2. 岐王：睿宗之子、玄宗之弟李範。
3. 尋常：平常，經常。
4. 崔九：指唐玄宗的寵臣殿中監崔滌，九是崔的排行。

### 經典名句

正是江南好風景，
落花時節又逢君。

　　眼下正當江南鶯飛草長的大好光景，不想落花時節又一次遇到了您龜年君。

掃碼聆聽粵語朗讀

杜 牧

# 赤 壁

折戟沉沙鐵未銷，
自將磨洗認前朝。
東風不與周郎便，
銅雀春深鎖二喬。

## 背景

作者沒有從正面讚譽吳蜀聯軍在赤
壁之戰中取得的勝利，而是從反面
提出若無東風相助，戰局很可能以
另一種結局收場，表現了杜牧構思
的奇巧。

## 註釋

1. 折戟：折斷殘破的兵器。

2. 沉沙：沉埋於江邊的沙土中。

3. 銷：銷蝕，氧化。

4. 自將：親自拿來。

5. 銅雀：銅雀台，遺址在今河
   北臨漳縣西，為三國曹操所
   建。

## 經典名句

東風不與周郎便，
銅雀春深鎖二喬。

　　如果沒有浩蕩的東風，給予周
郎便利，大小二喬可能早就被曹
操掠走，關在銅雀台了。

杜 牧

# 泊秦淮

煙籠寒水月籠沙，

夜泊秦淮近酒家。

商女不知亡國恨，

隔江猶唱《後庭花》。

## 背景

藉陳後主的荒淫亡國諷喻晚唐統治者，含蓄地表達了詩人對歷史的深刻思考，對現實的深切憂思。感情深沉，意蘊深邃。

## 註釋

1. 籠：籠罩。

2. 商女：賣唱的歌女。

3. 《後庭花》：即《玉樹後庭花》，樂府歌名，南朝陳後主所作，被視為亡國之音。

杜牧

## 經典名句

商女不知亡國恨，
隔江猶唱《後庭花》。

　歡樂場中的歌女不知道亡國的憾恨，隔着江水還在那裏高唱《玉樹後庭花》。

杜牧

# 寄揚州
# 韓綽判官

青山隱隱水迢迢，

秋盡江南草未凋。

二十四橋明月夜，

玉人何處教吹簫？

## 背景

本詩是杜牧離開揚州後所寫，表達了對揚州生活的無限懷戀。

## 註釋

1. 判官：唐代官職名，是節度使的僚屬。

2. 迢迢（tiáo 條，粵 tiu⁴）：路遠的樣子。

3. 二十四橋：唐代揚州非常繁榮，共有二十四座橋。

4. 玉人：美人，指歌女。

5. 教：使。

## 經典名句

二十四橋明月夜，
玉人何處教吹簫？

　明月照臨那二十四橋的夜晚，你在哪裏讓美人吹起了清簫？

杜 牧

# 遣 懷

落魄江湖載酒行，

楚腰纖細掌中輕。

十年一覺揚州夢，

贏得青樓薄倖名。

## 背景

詩人感慨人生，自傷懷才不遇。前兩句敍事，後兩句抒情，表達了對揚州生活放蕩的反省，並曲折地抒發了自己的政治抱負得不到施展，只能在放浪形骸中虛擲年華的怨憤。

## 註釋

1. 楚腰纖細：據《韓非子》載："楚靈王好細腰，而國中多餓人。"

2. 掌中輕：此處指揚州歌女體態苗條輕盈。

3. 青樓：妓女居住之所。

4. 薄倖（xìng 幸）：薄情，負心。

## 經典名句

十年一覺揚州夢，
贏得青樓薄倖名。

　　在揚州的十年就好像春夢一場，只在花巷青樓姑娘那裏贏得薄情郎的名聲。

掃碼聆聽粵語朗讀

## 杜牧

# 秋 夕

銀燭秋光冷畫屏，
輕羅小扇撲流螢。
天階夜色涼如水，
臥看牽牛織女星。

### 背景

這首詩寫宮女秋夜怨思，但怨思之情無一字道出，全從景物中暗示出來，而景物又描繪得清明透徹，宛然如在目前。

### 註釋

1. 銀燭：白色的蠟燭。
2. 畫屏：繪圖屏風。
3. 輕羅小扇：輕巧的絲織小扇。
4. 流螢：飛動的螢火蟲。
5. 天街：指遼闊高遠的天空。

### 經典名句

銀燭秋光冷畫屏，
輕羅小扇撲流螢。

　　秋晚銀色的燭光冷冷地映着畫屏，我手拿輕巧的絲扇撲打閃光的飛螢。

杜秋娘

# 金縷衣

勸君莫惜金縷衣，
勸君惜取少年時。
花開堪折直須折，
莫待無花空折枝！

**背景**

前兩句用對比手法，説明青春時光比金縷衣更加珍貴。後兩句用比喻，勸勉不要錯過眼前的美好時光，要奮發努力。

**註釋**

直須：就當。

**經典名句**

花開堪折直須折，
莫待無花空折枝！

　　鮮花開了能摘採的就儘管去摘採，可不要等到沒花了才去攀折空枝！

杜審言

# 和晉陵陸丞早春遊望

獨有宦遊人，偏驚物候新。

雲霞出海曙，梅柳渡江春。

淑氣催黃鳥，晴光轉綠蘋。

忽聞歌古調，歸思欲沾巾。

## 背景

這首和詩。詩人用原唱同題抒發自己宦遊江南的感慨，季節和景物的變化更勾起想家的思緒。全詩景中融情，意在言外。

## 註釋

1. 宦遊人：在外做官的人。
2. 物候：景物，風物。大自然的景物會隨着節候變化而變化，所以稱"物候"。
3. 海曙：海邊的曉色。
4. 淑氣：和暖的天氣。
5. 沾巾：眼淚沾濕了手巾，指流淚。

## 經典名句

獨有宦遊人，偏驚物候新。

也許是出外做官的緣故，對景物和節候的變化格外敏感。

掃碼聆聽粵語朗讀

孟 郊

# 遊子吟

慈母手中線，遊子身上衣。
臨行密密縫，意恐遲遲歸。
誰言寸草心，報得三春暉？

## 背景

詩歌擷取慈母為遠行的兒子細針密線縫製衣服這一典型場景，寫出了普天下的母親對兒女深沉真摯的愛，語言簡潔，比喻貼切，具有很強的感染力。

## 註釋

1. 寸草心：比喻子女的孝心好比小草那樣小。
2. 三春暉：春天的陽光，比喻慈母之愛。三春，指春季的三個月。

杜審言　孟郊

### 經典名句

誰言寸草心，報得三春暉？

　誰敢說子女像小草那樣小的心意，能報答得了母親像春天陽光那樣的恩情？

掃碼聆聽粵語朗讀

孟浩然

# 望洞庭湖
# 贈張丞相

八月湖水平，涵虛混太清。
氣蒸雲夢澤，波撼岳陽城。
欲濟無舟楫，端居恥聖明。
坐觀垂釣者，徒有羨魚情。

## 背景

作者寫給丞相張九齡干祿詩，希望
能得到推薦，步入仕途。詩句不卑
不亢。從狀洞庭湖勢着筆，以欲
濟須仗舟楫收尾，暗示需要幫助。
寫景和用意不露痕跡結合為一，委
婉含蓄，不落俗套。

## 註釋

1. 涵虛：水氣彌漫充盈的樣子。
2. 太清：青天。
3. 雲夢澤：古代大澤名，在今
   湖北、湖南一帶。
4. 端居：安居，閒居。

## 經典名句

氣蒸雲夢澤，波撼岳陽城。
　　水氣蒸騰，彷彿整個雲夢地區
都被牽連，波濤激盪，彷彿岳陽
城也隨着搖撼。

孟浩然

# 過故人莊

故人具雞黍，邀我至田家。

綠樹村邊合，青山郭外斜。

開軒面場圃，把酒話桑麻。

待到重陽日，還來就菊花。

## 背景

這首山水田園詩，寫應友人邀到農家歡飲，語言樸實清新，富有生活氣息。

## 註釋

1. 具：備辦。
2. 合：圍合，環繞。
3. 郭：外城，這裏泛指城牆。
4. 把酒：拿着酒杯，指飲酒。
5. 就：靠近，這裏作欣賞或賞飲。

## 經典名句

待到重陽日，還來就菊花。

　　等到九月九日重陽節那天，我還要來這裏賞菊。

掃碼聆聽粵語朗讀

孟浩然

# 宿建德江

移舟泊煙渚，日暮客愁新。
野曠天低樹，江清月近人。

## 經典名句

野曠天低樹，江清月近人。

　江野平曠，天空彷彿在遠樹的下頭，江水清澈，月影就在人的身旁漂浮。

## 背景

詩人漫遊吳越途經建德江作了這首詩，詩不以行人出發為背景，也不以船行途中為背景，而是以舟泊暮宿為背景。在暮江閒眺中，傳達出獨客異鄉的淡淡悵惘。

## 註釋

1. 煙渚（zhǔ 主，粵 zyu²）：暮靄和水氣籠罩的小洲。
2. 野曠：原野空曠。
3. 天低樹：天比樹低。
4. 江清：江水清澈。

孟浩然

# 春 曉

春眠不覺曉，處處聞啼鳥。
夜來風雨聲，花落知多少？

## 背景

詩人抓住春天的早晨剛剛醒來的一瞬間展開
描寫和聯想，處處啼鳥的明媚春光蓋過了淡
淡的惜春情緒，憫春的同時，又表達花落春
仍在的樂觀精神。詩句明快淺白，韻味雅致。

## 註釋

1. 啼鳥：鳥啼的倒文。
   為押韻，鳥啼寫作啼鳥。
2. 知多少：不知有多少。

## 經典名句

春眠不覺曉，處處聞啼鳥。
　春宵酣睡，不覺早晨已來臨，
只聽到滿耳是小鳥的歡鳴。

孟浩然

掃碼聆聽粵語朗讀

金昌緒

# 春 怨

打起黃鶯兒，莫教枝上啼。
啼時驚妾夢，不得到遼西。

### 背景

少婦懷念征人，夢中相見而被黃鶯啼醒，藉驅趕春鶯而訴發幽怨。

### 註釋

1. 莫教：不讓。
2. 妾：古代婦女自稱。
3. 遼西：遼河以西，是詩中怨婦丈夫的征戍之地。

### 經典名句

打起黃鶯兒，莫教枝上啼。

　打走那吱吱喳喳的黃鶯，不讓牠在枝頭啼鳴。

掃碼聆聽粵語朗讀

柳宗元

# 漁 翁

漁翁夜傍西巖宿，
曉汲清湘燃楚竹。
煙銷日出不見人，
欸乃一聲山水綠。
回看天際下中流，
巖上無心雲相逐。

## 背景

本詩通過漁翁夜宿、晨炊及日出放舟等描寫，塑造了一個無拘無束、悠然自得的漁翁形象，從中寄託作者被貶後期待擺脫束縛、追求自由的心願。

## 註釋

1. 傍：靠着。

2. 西巖：指西山，在永州治所零陵西湘江外。

3. 燃楚竹：指燃竹煮飯。永州古屬楚地，故稱永州之竹為楚竹。

4. 欸（ǎi 矮，粵 aai²）乃：唐時民間漁歌名。

5. 無心：毫不在意，自由自在。

## 經典名句

煙銷日出不見人，
欸乃一聲山水綠。

　　晨霧消散，太陽初升，咦，怎麼不見了他？只聽得一聲船櫓"咿一呀一"，搖出了青山綠水如畫。

掃碼聆聽粵語朗讀

## 柳宗元

# 登柳州城樓寄漳汀封連四州刺史

城上高樓接大荒，
海天愁思正茫茫。
驚風亂颭芙蓉水，
密雨斜侵薜荔牆。
嶺樹重遮千里目，
江流曲似九迴腸。
共來百越文身地，
猶自音書滯一鄉。

### 背景

這是一首感懷詩，寄贈四位友人。以南方荒蠻之地的深秋風雨為背景，抒寫了內心近乎絕望的幽憤。本前四句緊扣題中"登柳州城樓"來寫，進入眼簾的是一片風雨交加的淒涼景象。而後四句，則圍繞"寄漳汀封連四州刺史"下筆。嶺樹遮目，曲流如腸，共來百越蠻荒而不能互通音訊。

### 註釋

1. 颭（zhǎn 展，粵 zim²）：吹動。
2. 芙蓉：荷花。
3. 薜荔牆：爬滿薜荔藤的牆壁。薜荔，蔓生植物，又名木蓮。
4. 百越文身地：五嶺以南各少數民族，稱為百越，又作百粵，他們有在身上刺花紋的習俗。
5. 猶自：還是。

### 經典名句

嶺樹重遮千里目，
江流曲似九迴腸。

重疊的嶺樹遮擋了放眼千里的視線，彎曲的江流好比那纏繞九迴的愁腸。

掃碼聆聽粵語朗讀

柳宗元

# 江雪

千山鳥飛絕，萬徑人蹤滅。
孤舟簑笠翁，獨釣寒江雪。

### 背景

詩以簡淡的白描手法描繪出一幅雪江獨釣圖，以景寄情，曲折地反映出作者在革新失敗後既孤獨寂寞又孤高不屈的精神狀態。

### 註釋

1. 徑：小路。
2. 蹤：蹤跡。
3. 簑（suō 梭，粵 so¹）笠：簑衣和斗笠，用以防雨雪。
4. 寒江雪：雪天寒冷的江面上。

### 經典名句

千山鳥飛絕，萬徑人蹤滅。

一座座山峰兀立，不見了往日的飛鳥，一條條小路縱橫，半個人影也找不到。

掃碼聆聽粵語朗讀

元 稹

# 行 宮

寥落古行宮，宮花寂寞紅。
白頭宮女在，閒坐説玄宗。

### 背景

宮女閒話唐玄宗的當年的故事，當年的宮女已經成了老婦。詩人寫這首詩時，安史之亂已過去數十年了，表達了物是人非的興衰之感。

### 註釋

1. 寥落：空虛、冷落。
2. 行宮：皇帝出巡時所住的宮殿。
3. 玄宗：即唐玄宗李隆基。他在位時，唐王朝經歷了開元、天寶年間由盛轉衰的變遷。

### 經典名句

白頭宮女在，閒坐説玄宗。

　　頭髮已經斑白的老宮女在寂寞中敍説唐玄宗當年的故事，回憶往昔的繁華。

掃碼聆聽粵語朗讀

王灣

# 次北固山下

客路青山下，行舟綠水前。
潮平兩岸闊，風正一帆懸。
海日生殘夜，江春入舊年。
鄉書何處達？歸雁洛陽邊。

## 背景

此詩寫冬末春初、詩人舟泊北固山下時看到的長江兩岸春景。北固山下江景開闊，詩人即景生情而起鄉愁，寫出了遊子對家鄉的思念。

## 註釋

1. 次：停泊。
2. 北固山：在今江蘇鎮江市內，俯臨長江。
3. 風正：風順。
4. 歸雁：大雁每年定時南飛北往，人們就以帛繫雁足來傳送書信。

## 經典名句

海日生殘夜，江春入舊年。

殘夜未盡，海上的朝陽已經躍現。歲前立春，在江南的感覺特別明顯。

掃碼聆聽粵語朗讀

王 建

# 新嫁娘

三日入廚下，洗手作羹湯。

未諳姑食性，先遣小姑嘗。

### 背景

新娘成婚、初到夫家，不知做好的菜餚是否合婆婆的口味，於是先請小姑子品嚐。寥寥數筆，寫出了唐代的婚嫁風俗。

### 註釋

1. 三日：古代新媳婦過門的第三天要下廚房為公婆做菜。
2. 諳（ān 安，粵 am¹）：熟悉。
3. 姑：丈夫的母親。
4. 小姑：丈夫的妹妹。

### 經典名句

未諳姑食性，先遣小姑嘗

　　還摸不清婆婆的口味如何，所以新娘先讓小姑子嘗嘗。

西鄙人

# 哥舒歌

北斗七星高，哥舒夜帶刀。
至今窺牧馬，不敢過臨洮。

## 背景

這是西域邊人歌頌哥舒翰戰功的詩。詩以北斗起興，喻哥舒翰在邊人心目中的崇高地位。以臨洮地區邊警寧靖的事實，喻哥舒之神勇、胡人之敬畏。

## 註釋

1. 哥舒：指唐代名將哥舒翰，突厥族人，率兵大破吐蕃，封西平郡王。

2. 窺：窺伺。

3. 臨洮（táo 桃，粵 tou⁴）：今甘肅岷縣，以地臨洮水得名。秦長城西起於此。

## 經典名句

北斗七星高，哥舒夜帶刀。

　　北斗七星高掛在天空之上，哥舒翰將軍星夜出巡，佩帶着刀，威風凜凜。

掃碼聆聽粵語朗讀

韋應物

# 寄全椒山中道士

今朝郡齋冷，忽念山中客。

澗底束荊薪，歸來煮白石。

欲持一瓢酒，遠慰風雨夕。

落葉滿空山，何處尋行跡。

### 背景

作者欲訪山中道士，又恐深山難尋，從道士和自己兩方面，寫孤高空寂的人生情懷，淡泊中有深意。

### 註釋

1. 山中客：指道士。

2. 荊薪：柴草。

3. 白石：傳說中神仙以白石為糧。

4. 慰：慰問。

### 經典名句

落葉滿空山，何處尋行跡。

　　山谷空曠，滿是落葉堆積，又向哪兒去尋找你的行跡？

掃碼聆聽粵語朗讀

唐詩必讀一百首

韋應物

# 滁州西澗

獨憐幽草澗邊生，
上有黃鸝深樹鳴。
春潮帶雨晚來急，
野渡無人舟自橫。

## 背景

詩描寫了春遊滁州西澗和春天雨中的渡口。事物是尋常的事物，景色是平常的景色，經過詩人匠心獨運，成了別有意境的畫面。

## 註釋

1. 憐：愛。
2. 深樹：樹林深處。
3. 野渡：郊野的渡口。

## 經典名句

春潮帶雨晚來急，
野渡無人舟自橫。

　　潮水挾帶着春雨晚間來得十分迅猛，一條小船獨自橫在沒人的野外渡口。

掃碼聆聽粵語朗讀

秦韜玉

# 貧女

蓬門未識綺羅香，

擬託良媒益自傷。

誰愛風流高格調？

共憐時世儉梳妝。

敢將十指誇鍼巧，

不把雙眉鬥畫長。

苦恨年年壓金線，

為他人作嫁衣裳。

### 經典名句

苦恨年年壓金線，
為他人作嫁衣裳。

　　最怨恨年年月月按着金絲線刺繡，日夜為他人縫製出嫁的新衣裳。

### 背景

詩詠貧女，緊扣貧女的生活和情志來寫，突出貧女不同於流俗的格調和才藝。又比喻寒士，寓意懷才不遇的寒士雖處濁世卻能自清。

### 註釋

1. 綺羅：指綾羅綢緞之類高檔服飾。
2. 鍼（粵 zam¹）：同 "針"。
3. 儉：通 "險"，怪異的意思。
4. 鬥：競爭。
5. 壓金線：用金線刺繡。

崔顥

# 黃鶴樓

昔人已乘黃鶴去，
此地空餘黃鶴樓。
黃鶴一去不復返，
白雲千載空悠悠。
晴川歷歷漢陽樹，
芳草萋萋鸚鵡洲。
日暮鄉關何處是，
煙波江上使人愁。

## 背景

晚春日暮時分，登樓眺望，白雲、晴川、樹木、芳草、落日、煙波諸等風物，盡收眼底。由景物而產生思鄉之情，流露出對遊宦求仕的厭倦。

## 註釋

1. 晴川：晴天的江邊。
2. 歷歷：清晰可數的樣子。
3. 萋萋（qī 妻）：青草很茂盛的樣子。
4. 鄉關：故鄉家園。
5. 煙波：形容江面水霧浩渺。

## 經典名句

黃鶴一去不復返，
白雲千載空悠悠。

　　那黃鶴一去之後就沒有再返回，千百年來只留下白雲依舊。

崔顥

# 長干行
## 二首之一

君家何處住，妾住在橫塘。

停船暫借問，或恐是同鄉。

## 背景

船家女子聽到鄰舟傳來的鄉音，向舟上男子問訊。全詩由女子的話語構成，語言樸素自然，清脆洗練。

## 註釋

1. 長干行：樂府曲名。
2. 橫塘：在今江蘇南京市西南。

## 經典名句

停船暫借問，
或恐是同鄉。

　　停下船來且問一下，也許咱倆還是同鄉。

常建

# 題破山寺後禪院

清晨入古寺，初日照高林。
曲徑通幽處，禪房花木深。
山光悅鳥性，潭影空人心。
萬籟此皆寂，惟聞鐘磬音。

### 背景

寫寺院，詩人從入古寺寫起，一路行來，花樹小徑，山光潭影，寺院卻在若有若無間。直至結處惟聞佛音，使萬象都化作禪意，充滿安謐空靈的韻味。

### 註釋

1. 初日：初升的太陽。
2. 禪房：僧人唸經的房間。
3. 萬籟：大自然的一切聲響。
4. 磬（qìng 慶，粵 hing³）：寺廟中的銅樂器。

### 經典名句

曲徑通幽處，禪房花木深。
　　曲曲彎彎的小路通向幽深的地點，寺中經堂邊花木繁茂一片。

掃碼聆聽粵語朗讀

張 九 齡

# 望月懷遠

海上生明月，天涯共此時。

情人怨遙夜，竟夕起相思！

滅燭憐光滿，披衣覺露滋。

不堪盈手贈，還寢夢佳期。

**經典名句**

海上生明月，天涯共此時。

　一輪明月升起在海上，這一刻，天下的離人都在把它眺望。

**背景**

這是一首客旅中寫成的詩。詩人望見明月，立刻想到遠在天邊的親人，寫景抒情並舉，情景交融。

**註釋**

1. 竟夕：整夜。
2. 憐：愛。
3. 滋：生。
4. 不堪：不能。
5. 盈手：滿手。捧的意思。

張泌

# 寄人

別夢依依到謝家，
小廊回合曲闌斜。
多情只有春庭月，
猶為離人照落花。

### 背景

這是一首描寫與情人別後的寄懷詩。詩歌以小廊、曲闌、春庭、明月、落花這一系列景物，營造了一個寂寞空靈的境界，以夢境對照現實，更襯托出情人不能相見的怨恨。

### 註釋

1. 依依：依戀不捨的樣子。
2. 謝家：謝娘家。謝娘，美人的代稱。
3. 猶：還，仍然。

### 經典名句

多情只有春庭月，
猶為離人照落花。

　多情的只有那春夜庭院中的一輪明月，還在那裏為離別的情人照着滿地落花。

張祐

# 題金陵渡

金陵津渡小山樓，
一宿行人自可愁。
潮落夜江斜月裏，
兩三星火是瓜州。

## 背景

詩寫夜宿鎮江西津渡的所見所感，抒寫詩人旅途孤寂的愁懷，在不經意間繪出了一幅長江夜景圖，遠遠閃爍的星火，把人的視線引向對岸瓜州古渡，意境深邃。

## 註釋

1. 津渡：渡口。
2. 星火：夜間闌珊的燈火。
3. 瓜州：在江蘇邗江縣南部，大運河入長江處。

## 經典名句

潮落夜江斜月裏，
兩三星火是瓜州。

　　在月光西沉夜潮退去的江上，那閃爍兩三點星火的莫非就是瓜州？

掃碼聆聽粵語朗讀

張繼

# 楓橋夜泊

月落烏啼霜滿天，
江楓漁火對愁眠。
姑蘇城外寒山寺，
夜半鐘聲到客船。

## 背景

詩寫夜泊蘇州楓橋時的情景，全用白描，描繪出古城秋夜的淒清，傳達出旅客夜宿舟船的感受，使夜泊帶上了一種淡淡的惆悵，意境深遠。

## 註釋

1. 江楓：江邊的楓樹。
2. 漁火：漁船上的燈火。
3. 姑蘇：江蘇蘇州的別稱，因城西南有姑蘇山而得名。
4. 寒山寺：寺廟名，始建於南朝梁時。

## 經典名句

姑蘇城外寒山寺，
夜半鐘聲到客船。

　　姑蘇城外坐落着一所寒山寺，寺中悠悠的鐘聲半夜裏飄進了客船。

掃碼聆聽粵語朗讀

陳子昂

# 登幽州台歌

前不見古人，

後不見來者。

念天地之悠悠，

獨愴然而涕下！

**經典名句**

念天地之悠悠，
獨愴然而涕下！

　　感念天地蒼茫悠悠不盡，獨自
哀傷難忍潸然落淚！

## 背景

前兩句寫出時間的悠長，後兩句寫出空間的遼闊。作者抒發個人生不逢時、懷才不遇的悲憤，同時傳達出歷代有志之士登台悵望的滄桑感受：天地無窮而人生有限，宇宙廣大而人類渺小。

## 註釋

1. 古人：指前代的明君賢士。
2. 來者：指後代的明君賢士。
3. 愴然：傷感悲痛的樣子。
4. 涕：眼淚。

掃碼聆聽粵語朗讀

陳陶

# 隴西行

誓掃匈奴不顧身，
五千貂錦喪胡塵。
可憐無定河邊骨，
猶是深閨夢裏人！

## 背景

唐朝末年，邊亂紛起，守衛將士保家衛國，激戰邊關，五千人喪身疆場，而他們的妻子和戀人，還在夢中等待着他們回來。全詩內容感人，格調蒼涼。

## 註釋

1. 匈奴：秦漢時西北少數民族，常南下侵擾中原。
2. 貂錦：貂裘錦衣，是漢朝羽林軍的戎裝。此代指戰士。
3. 無定河：河流名。源出內蒙古伊克昭盟，至陝西北部流入黃河。

## 經典名句

可憐無定河邊骨，
猶是深閨夢裏人！

　可憐堆積在無定河邊的累累白骨，至今仍然是妻子夢中思念的丈夫。

掃碼聆聽粵語朗讀

賀知章

# 回鄉偶書

少小離家老大回，
鄉音無改鬢毛衰。
兒童相見不相識，
笑問客從何處來？

## 背景

詩選取生活中一個再普通不過的片段，用平凡樸實的語言，表現了一個從小離家，年邁才得以回鄉的遊子，在踏上故土時所產生的無限感慨。

## 註釋

鬢毛衰：鬢髮脫落，形容年老體衰。

## 經典名句

少小離家老大回，
鄉音無改鬢毛衰。

　從小離開家鄉到老了才返回，故鄉口音沒變鬢髮卻已斑白。

陳陶　賀知章

唐詩必讀一百首

掃碼聆聽粵語朗讀

溫庭筠

# 瑤瑟怨

冰簟銀牀夢不成，

碧天如水夜雲輕。

雁聲遠過瀟湘去，

十二樓中月自明。

## 背景

這首詩沒有正面去寫瑤瑟的形制，也沒有去形容瑟音的悲哀，只是通過渲染環境的和巧妙暗示，營造一種空濛迷茫的意境，透露出詩中人物的幽怨。

## 註釋

1. 冰簟（diàn 店，粵 tim⁵）：冰涼的竹蓆。簟，竹蓆。
2. 夢不成：睡不着。
3. 瀟湘：瀟水和湘水，在今湖南省。
4. 十二樓：傳說中仙人的居所，這裏借指主人公所住的高樓。

## 經典名句

*雁聲遠過瀟湘去，*
*十二樓中月自明。*

遠遠飄過的雁叫聲向着瀟湘而去，十二座樓中的明月自含無限清輝。

98

賈島

# 尋隱者不遇

松下問童子，言師采藥去。

只在此山中，雲深不知處。

## 背景

這是一首問答體的小詩，四句尋常的口語，勾畫出一幅生動的山中隱居圖。詩人採用了寓問於答的手法，映現出山中隱士野鶴閒雲、飄逸自在的形神和風貌。

## 註釋

1. 師：指隱者。
2. 處：行蹤。

## 經典名句

只在此山中，雲深不知處。

師父去也不遠，就在這大山裏面，只是雲霧深深，不知哪兒才能找見。

劉長卿

# 彈琴

冷冷七弦上，靜聽松風寒。
古調雖自愛，今人多不彈。

## 背景

本詩不在於單純描述琴聲，而是藉琴曲的內容效果，吐露自己曲高和寡、不合於時的孤獨。

## 註釋

1. 冷冷（líng 零）：形容琴聲清脆。
2. 七弦：古琴有七根琴弦，此代指琴。
3. 松風寒：以風吹進松林比喻琴聲的清幽。另外，古有《風入松》琴曲。

## 經典名句

冷冷七弦上，靜聽松風寒。

七條琴弦上流出了清幽的音響，我靜靜聆聽，彷彿聽見了松風送涼。

掃碼聆聽粵語朗讀

劉禹錫

# 烏衣巷

朱雀橋邊野草花，

烏衣巷口夕陽斜。

舊時王謝堂前燕，

飛入尋常百姓家。

## 背景

金陵是六朝古都，歷代詩人多有感歎興亡盛衰的憑弔之作。詩人選取烏衣巷這個以往貴族的聚居之地，以燕子飛入尋常百姓家的景象來加以表現，極富歷史滄桑感。

## 註釋

1. 朱雀橋：秦淮河上的浮橋，東晉時建。
2. 花：開花。
3. 王謝：東晉時兩大家族，其代表分別是宰相王導和宰相謝安。
4. 尋常：普通。

## 經典名句

舊時王謝堂前燕，
飛入尋常百姓家。

　　以往在王導謝安庭堂前棲息的燕子，如今翩然飛進了尋常百姓的住家。

劉長卿　劉禹錫

掃碼聆聽粵語朗讀

劉禹錫

# 春 詞

新妝宜面下朱樓，
深鎖春光一院愁。
行到中庭數花朵，
蜻蜓飛上玉搔頭。

## 背景

全詩寫閨中女子的春日情思。有所期盼中她興致勃勃地化了妝下樓，因不見所盼而頓生幽怨，間得無聊，只能來到庭中數起了花朵，無聊到發呆、癡想，連蜻蜓都飛來停在她的頭飾上。

## 註釋

1. 新妝宜面：新的妝飾與面容很相宜。
2. 朱樓：漆成紅色的高樓，泛指華美的樓房。朱，大紅色。
3. 玉搔頭：玉簪，古代女子的頭飾，

## 經典名句

新妝宜面下朱樓，
深鎖春光一院愁。

　　化好了新妝下了紅樓，無限春光被鎖在深院中怎能不讓人感到憂愁。

掃碼聆聽粵語朗讀

盧綸

# 晚次鄂州

雲開遠見漢陽城，

猶是孤帆一日程。

估客晝眠知浪靜，

舟人夜語覺潮生。

三湘愁鬢逢秋色，

萬里歸心對月明。

舊業已隨征戰盡，

更堪江上鼓鼙聲。

劉禹錫　盧綸

## 背景

詩寫舟行途中見聞，表現傷亂思歸的心情。前四句以寫景為主，景中有情；後四句以抒懷為主，情景交融。全詩意脈相連，刻畫入微，淡雅含蓄。

## 註釋

1. 次：旅途中停留。
2. 雲開：指天氣晴朗。
3. 漢陽：今湖北漢陽。
4. 估客：乘船的商人。
5. 舟人：船夫。
6. 舊業：舊有的家業。
7. 更堪：哪裏經得起。
8. 鼓鼙（pí 皮，粵 pei⁴）：戰鼓。

## 經典名句

估客晝眠知浪靜，
舟人夜語覺潮生。

　　白日裏，風平浪靜，商人們坐在船上打盹；到了夜裏，船夫們，忽聞船夫相喚，原來是江潮漲起來了。

掃碼聆聽粵語朗讀

盧綸

# 塞下曲
## 四首之二

林暗草驚風，將軍夜引弓。

平明尋白羽，沒在石稜中。

## 背景

這首邊塞詩，以西漢李廣將軍夜獵，疑石為虎，射箭沒石的舊典，翻出新意，烘托出將軍的勇猛。

## 註釋

1. 平明：第二天天亮。
2. 白羽：箭桿上有白色鳥羽的箭。
3. 沒：埋入。
4. 石稜：指石縫。

## 經典名句

林暗草驚風，將軍夜引弓。

　　樹林昏暗，野草在風中驚顫，夜色裏將軍拉滿了弓弦。

盧綸

# 塞下曲
## 四首之三

月黑雁飛高，單于夜遁逃。
欲將輕騎逐，大雪滿弓刀。

盧綸

## 背景

此詩寫主帥雪夜聞警，率師追擊殘敵，終因氣候條件惡劣而未能竟功。"月黑雁飛高"、"大雪滿弓刀"兩句寫景，不僅生動真實地反映了塞外特有的景象，而且一首一尾烘托出野戰的風雲氛圍。

## 註釋

1. 單（chán 蟬，粵 sin⁴）于：古代匈奴的君長。
2. 將（jiāng 江）：率領。
3. 逐：追擊。

## 經典名句

月黑雁飛高，單于夜遁逃。

　　黑雲遮月，高空中飛過了大雁，單于趁着夜色悄悄逃遠。

掃碼聆聽粵語朗讀

駱賓王

# 在獄詠蟬

西陸蟬聲唱，南冠客思深。

那堪玄鬢影，來對白頭吟！

露重飛難進，風多響易沉。

無人信高潔，誰為表予心？

## 背景

秋蟬高唱，激起了詩人的感慨和悲傷。秋天露重風高，蟬不得自由飛鳴，自己也像秋蟬那樣，高潔不能為人所知。全篇詠物與感慨融合，用影射手法，意含雙關。

## 註釋

1. 西陸：指秋天。
2. 南冠：原指楚人的帽子，後代指囚徒。
3. 玄鬢：蟬的黑色翅翼。
4. 白頭吟：樂府曲名。
5. 予（yú 余，粵 jyu⁴）：我。

## 經典名句

無人信高潔，誰為表予心？

　　沒人相信我像秋蟬一樣高潔清正，又有誰為我表白無暇的內心？

掃碼聆聽粵語朗讀

韓翃

# 寒 食

春城無處不飛花，
寒食東風御柳斜。
日暮漢宮傳蠟燭，
輕煙散入五侯家。

## 經典名句

春城無處不飛花，
寒食東風御柳斜。

　春天的京城無處不飄飛着落花，寒食節時的東風把宮中的垂柳吹斜。

### 背景

從皇城禁宮入手，詩人初寫寒食柳絮紛飛的特點，筆鋒一轉，寫東漢日暮宮中用火，五侯家有輕煙散入的景象。以漢喻唐，含而不露地巧妙諷刺貴族的特權。

### 註釋

1. 寒食：中國古代節令，時間在清明前的一二天。這天禁止用火做飯，全國上下都吃冷食。

2. 御柳：宮中的柳樹。

3. 五侯：東漢桓帝時一天內封謀誅外戚梁冀有功的宦官單超等五人為侯，世稱"五侯"。這裏借指唐肅宗、代宗時恃寵弄權的宦官。

駱賓王　韓翃